这是一个承诺

图书在版编目（CIP）数据

这是一个承诺 /（德）克尼斯特著 ;（法）塔勒绘 ;
杨玲玲，彭懿译. -- 北京 : 中信出版社，2016.3（2023.5 重印）
（遇见美好系列. 第1辑）
书名原文：A promise is a promise
ISBN 978-7-5086-5700-4

Ⅰ. ①这… Ⅱ. ①克… ②塔… ③杨… ④彭… Ⅲ.
①儿童文学－图画故事－德国－现代 Ⅳ. ① I516.85

中国版本图书馆 CIP 数据核字（2015）第 277223 号

这是一个承诺

著　　者：[德]克尼斯特
绘　　者：[法]伊芙・塔勒
译　　者：杨玲玲　彭　懿
出版发行：中信出版集团股份有限公司
　　　　（北京市朝阳区东三环北路27号嘉铭中心　邮编　100020）
承 印 者：山东韵杰文化科技有限公司

开　　本：889mm × 1194mm　1/16　　印　　张：2.5　　字　　数：21千字
版　　次：2016年3月第1版　　印　　次：2023年5月第32次印刷
京权图字：01-2015-5640
书　　号：ISBN 978-7-5086-5700-4
定　　价：19.80元

出　　品：中信儿童书店
策划编辑：张昭　喻之晓　何嘉珞
责任编辑：喻之晓
营销编辑：王澜
封面设计：韦门工作室
内文排版：博远文化

服务热线：400-600-8099
网上订购：zxcbs.tmall.com
投稿邮箱：author@citicpub.com

这是一个承诺

〔德〕克尼斯特 著　　〔法〕伊芙·塔勒 绘
杨玲玲　彭懿 译

中信出版集团 | 北京

在冬天里，许多动物都会睡一个长长的觉。

这一觉睡得又沉又香，这就是“冬眠”。

春天来了，动物们睡醒了。

小土拨鼠布鲁诺从漫长的冬眠中醒来，觉得神清气爽、浑身是劲儿，他想赶紧出门，去看看这个广阔的世界。

他跑啊，玩啊，直到筋疲力尽。

这时，他发现草地上有个小洞，就钻了进去，

在里面舒舒服服地打了个盹儿。

“哇哦！”布鲁诺睁开了眼睛——他看见了什么呢？

是一朵花。

一朵好美好美的花，一朵蒲公英。

“你好。”布鲁诺说。

他感到自己的心激动得怦怦直跳。

“你好。”蒲公英说，

她全身上下散发着光芒，

就像太阳一样。

他们笑啊，玩啊，一起度过了很多美好的时光。

每一天，布鲁诺都觉得自己的蒲公英变得更加可爱。

每一次，他都为蒲公英的变化感到无比惊讶。

蒲公英最喜欢他俩一起在月光下翩翩起舞，到了睡觉的时候，布鲁诺便悉心地守护着她。

一天清晨，蒲公英盛开了，她看起来跟以前完全不一样，她的美让布鲁诺心中充满了喜悦。

“你相信我吗？”蒲公英问。

“我当然相信你。”布鲁诺有点儿诧异。

“不论发生什么事，你都依然相信我吗？”蒲公英追问道。

“是的，不论发生什么。”布鲁诺说。

“那么，我想让你深深吸一口气，然后用最大的力气吹向我。我保证，不会有事儿的，一切都会好好的。”蒲公英说。

布鲁诺用尽全力吹了一口气。

但是，可怕的事情发生了。天啊，他做了什么呀？

他把他的花儿毁了，布鲁诺难过极了。

“但是她向我保证过，一切都会好好的。”布鲁诺自言自语道。

“而我也答应过要相信她。这是一个承诺！”

不过，蒲公英说的“一切都会好好的”是什么意思呢？

布鲁诺叹了口气，轻声说：“她向我保证过。”

然后，他独自一个人向这个广阔的世界走去。

一路上，布鲁诺发现了许多新奇的事情，他真开心。

他多么希望能把这一切都告诉蒲公英啊。

他总会想起那个承诺。

蒲公英说的“一切都会好好的”到底是什么意思呢？

秋天来了，他好想念他的蒲公英啊。

于是，他决定回到那片草地上，那个留下了他们许多快乐回忆的地方。

天气变得越来越冷，布鲁诺开始犯困了。他想，自己该挖个地洞准备冬眠了。

他把身体蜷成一团，轻轻地闭上了眼睛。

“这是一个承诺。”他想，蒲公英答应过，一切都会好好的。

想着想着，他就睡着了，睡得很香、很香……

起床的时候到了，布鲁诺睁开了眼睛……

啊，他看到了怎样的景象呀！

[德] 克尼斯特

德国儿童文学作家。他生于 1952 年，在鲁尔区长大，原名鲁德格尔 · 约赫曼。1978 年，他成为自由作家和编剧，1980 年以“克尼斯特”为笔名发表了第一部童话作品，迄今已出版了 40 多本书，作品被翻译为近 40 种语言。他的作品被改编为电影和电子游戏等，在孩子们当中具有无比强大的号召力。克尼斯特有三个孩子，他住在森林边上，热爱帆船运动和音乐，他还经常跟小鹿、小刺猬和小兔子打招呼。

[法] 伊芙 · 塔勒

1956 年生于法国的米卢斯市，童年在德国度过。1981 年，她开始从事书籍插图创作，曾在出版社工作 18 年，为上百本书绘制过插图。现与两个儿子和同为插画家的丈夫居住在法国布列塔尼地区，养有三只狗、两只猫、两匹马和两头驴。她最爱的是弹钢琴、散步和坐马车出去玩！

扫一扫
收听本书故事